사람들 속에 하늘이 있다

사람들 속에 하늘이 있다

2008년 12월 25일 1판 1쇄 인쇄 / 2008년 12월 30일 1판 1쇄 발행

지은이 김수복 / 펴낸이 임은주 / 펴낸곳 도서출판 청동거울
출판등록 1998년 5월 14일 제13-532호
주소 (137-070) 서울 서초구 서초동 1359-4 동영빌딩
전화 02)584-9886~7 / 팩스 02)584-9882
전자우편 cheong1998@hanmail.net

편집주간 조태봉 / 편집 김은선 임연화 / 마케팅 김상석

값 8,000원

ISBN : 978-89-5749-093-8

*이 극시집은 2005년도 단국대학교 대학연구비 지원에 의해 간행되었음.

극시로 읽는 성 김대건 안드레아의 일대기!

사람들 속에 하늘이 있다

김수복 극시집

청동거울

머리말

    사람들 속에 하늘이 있다. 2004년 2월 29일부터 성경을 필사하면서 가끔 가슴으로 밀려오는 먼 하늘의 무량함을 이기지 못할 때마다 나는 사람들 속으로 순례를 한다고 생각을 다잡곤 했다. 성경 속의 무수한 사람들은 바로 우리의 모습이었다. 성경 속의 사람들 중 주인공이라 할 수 있는 예수 그리스도를 묵상하면서 마음속을 떠나지 않았던 한 사람이 성 김대건 안드레아였다.

    성 김대건 안드레아는 하늘 속에 있는 사람이다. 그래서 제목을 '사람들 속에 하늘이 있다'라 했다. 이 극본이 쓰여지기까지 김옥희 수녀님의 대본과, 외우 장준근 교수, 그리고 성실하게 자료 정리를 해준 박정길의 도움이 매우 컸다.

2008년 12월에

김수복

차 례

제 2막 인간의 길

제3막 하늘의 길

출연자	성모 마리아 Soprano ： 마리아
	고 우르술라 Soprano ： 김대건의 어머니
	김제준 이냐시오 Bariton ： 김대건의 아버지
	김대건 안드레아 Tenor ： 조선인 최초의 신부
	박수애 루치아 ： 김대건의 동무, 조력자
	정하상 바오로 Bariton ： 교우 회장
	현석문 가를로 Tenor ： 교우 회장
	모방 신부 Bass ： 프랑스 외방 선교회에서 파견한 신부
	이재우 토마스 Tenor ： 교우
	최형 베드로 Bass ： 교우
연기자	상감 ： 조선 헌종
	권돈인 ： 영의정
	김재근 ： 형조판서
	김여상 요한: 배교자, 포도대장
	고 페레올 주교 ： 조선 제3대 교구장
	안 다빌뤼 신부 ： 프랑스인 신부
	포졸 1, 2 ： 대사와 연기
	전령 ： 대사
	망나니
	아이들, 교우촌 교인들, 육조판서,
때	19세기 조선

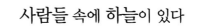

사람들 속에 하늘이 있다

프롤로그

서서히 빛이 열린다.
「사람들 속에 하늘이 있다」가 자막으로 비치고 시가 낭송된다.

사람들 속에 하늘이 있다

사람들 속에 하늘이 있네
내 죽어 하늘의 길 열 수 없으나
길은 사람들 속에 있었네
사람들이 사람으로 보지 않는 사람
사람과 사람 사이 무지개로 걸린 사람
들길 숲에서 종일 우는 사람
가을 빈 들녘에 바람으로 서 있는 사람

사람들 속에 하늘이 있었네

사람들 속에 하늘이 있었네
죽음이 끝나는 곳에서 봄이 있고
눈물이 끝나는 곳에서 기쁨이 있고
절망이 끝나는 곳에서 천사가 있고
솔숲의 향기도 하늘로 가지 못하고
강물의 가을도 바다에 이르지 못하네
온몸으로 부르는 노래도 하늘의 귓가에 닿지 못하고
어둠의 숙명도 새벽의 가슴에 빛을 내지 못하네

새벽 새소리의 사랑도 나무의 귓가를 스치고
강변 새벽안개도 그 숨결 하늘에 닿을 길 없네
산문으로 가는 길 진리에 이를 길 없고
사랑으로 꽃피우는 장미 오월에도 피지 않네
마주 보는 잎과 꽃이 얼굴을 돌리고 있네
하늘을 나는 새는 날개가 없고
나무들은 피가 말라 입과 귀가 없네
사람들과 사람들 죽은 나무가 되었네

사람들 속에 하늘이 있네
입과 귀가 하늘이었네
무지개와 들녘의 가을 바람

기쁨과 천사와 눈물이 하늘이었네
땅이 하늘이었네
사람과 사람 사이 사랑이 하늘이었네
너와 나의 죽음이 하늘이었네
원수가 하늘이었네
증오가 하늘이었네
아, 드디어 사람이 하늘이었네

빛이 꺼지고 자막이 어두워진다.

제1막 빛은 어디서 오는가

제1장
솔뫼마을

사방으로 산이 둘러쳐 있고 길 옆에는 아름다운 솔밭이 보인다. 무대 왼편 옹기 굴에서 연기가 나고 중앙에 큰 아름드리 백송이 서 있다. 그 백송은 마치 예수 십자가에 못 박힌 형상을 하고 있다. 오른편으로 아담한 한옥이 있다.

솔뫼 마을 교우들이 일을 하러 일터로 나가다 갑자기 "포졸들이 나타났다"는 소리에 배가 있는 쪽으로 도망간다. 이어서 한 무리의 포졸들이 등장하고 이곳저곳을 뒤지다가 실망한 듯이 사라진다. 조금 뒤 한 교우가 조심스레 나와서 "포졸들이 돌아갔다"고 외치자, 도망 갔던 교우들이 배를 타고 다시 조심스럽게 솔뫼 마을로 돌아온다. 그들은 안도의 숨을 쉬며 마을 앞 백송 아래서 미사를 드린다.

교우들의 합창소리 들린다.

#1 목자를 기다리며

합창　　　〈목자를 기다리며〉
　　　　　하늘의 빛은 언제 오는가.
　　　　　우리는 언제나 기다리네.
　　　　　박해가 넘치는 이 조선 땅에서
　　　　　평화와 자유가 넘치는 이 땅을 위한
　　　　　우리들의 목자를 기다리네.

　　　　　하늘의 빛은 언제 열리는가.
　　　　　우리는 언제나 기다리네.
　　　　　나의 아버지도 할아버지도 기다렸네.
　　　　　어제도 오늘도 그리고 내일도 기다리네.
　　　　　우리들의 하늘은 언제 열리는가.

　합창 소리 그치고, 무대 오른쪽 집에서 김제준 이냐시오가 등장한다. 걱정이 가득한 얼굴이다.

김제준 이냐시오 걱정이야. 걱정이야.
　　　　　모든 부귀영화 다 버리고
　　　　　하느님 품에 귀의하여 순종하며 살지만
　　　　　임금은 국법으로 천주 믿는 우리를 탄압하네.

교우들	(김제준과 같은 패턴으로) 걱정이야. 걱정이야.
	임금은 국법으로 천주 믿는 우리를 탄압하네.

김제준 이냐시오	그동안 천주의 이름으로
	수많은 이들이
	순교의 찬란한 화관을 받았네.
	도대체 얼마나 더 많은 피를 흘려야
	우리에게 진정한 자유가 온단 말인가.

교우들	(김제준과 같은 패턴으로)
	도대체 얼마나 더 많은 피를 흘려야
	우리에게 진정한 자유가 온단 말인가.

김제준 이냐시오	교우, 여러분!
	지금 조선 땅 어디에서도
	우리는 맘 편히 살수가 없소.
	박해는 끝을 모르고
	계속 우리 목을 조여 오고 있소.
	서슬 퍼런 칼날이 호시탐탐
	우리의 목을 노리고 있소.

교우 1	우리는 언제 목이 달아날지 모르오.

김제준 이냐시오 우리가 임금의 눈을 피해

이 솔뫼 마을에 정착한 지도

이미 여러 해가 흘렀소.

하지만 이젠 이 곳도 결코 안전하지가 않소.

교우2 권력 싸움만 일삼는 조정의 관리들은

천주를 사교로 여겨 핍박을 가하고

교우3 그런 관리들에게 눈, 귀 가린 왕은

자신의 안위 지키기에만 앞서

천주를 박해하고 탄압하고 있소.

교우들 큰일입니다.

박해의 먹구름에 가려

천주의 빛이 신음하고 있습니다.

교우1 언제 이 솔뫼 마을에도

조정에서 보낸 군사들이 들이닥칠지 모르오.

교우들 큰일입니다.

박해의 먹구름에 가려

천주의 빛이 아예 사라지지는 않을까

걱정입니다.

김제준 이냐시오 더 큰 걱정은 오랜 박해 속에서
하느님과의 빛나는 맹세를 저버리고
배교를 하는 교우들도
자꾸만 늘어가고 있다는 사실이오.
이러다 조선 교우들의
뿌리마저 흔들릴까 봐 심히 걱정이오.

정말 이 일을 어찌해야 한단 말이오.
이럴 때 우리를 이끌어 줄 목자라도 있으면
방황하는 조선의 교우들을
다시 하나로 뭉칠 수 있을 텐데…….

교우들 맞소!
지금 이 조선 땅엔 우리를 이끌어 줄
목자가 절실히 필요하오!

교우 1 그렇다면 이렇게 마냥 손놓고 있을 때가 아니잖소?

교우 2 그럼, 어찌해야 한단 말이오?
어디 좋은 묘책이라도 있는 게요?

교우 3 중국으로 몰래 밀사를 보내
목자를 당장이라도 모셔 오는 것이 어떻겠소?

김제준 이냐시오 그건 위험한 일이오.

지금 국경마다 군사들이 진을 치고

철통 같은 경계를 하고 있소.

나라의 허가 없이

행여 국경을 넘다가 발각이라도 되면

그 자리에서 당장 목이 달아날 것이오.

교우들 그럼 어찌해야 한단 말이오?

누가 방법 좀 일러주오.

천주여, 대답 좀 해주시오!

교우 1 우리 솔뫼 마을은 바다와 마주하고 있으니

뱃길로 중국에 가는 것은 어떻겠소?

교우 2 그것 역시 쉬운 일이 아니오.

우리의 작은 범선으론

큰 바다를 항해하는 것은 어렵소.

교우들 그럼 어찌해야 한단 말이오?

누가 방법 좀 일러주오.

천주여, 대답 좀 해주시오!

김제준 이냐시오 이러다 조선으로 목자를 모셔오는 것마저

아주 끊어지지는 않을까 걱정이오.

교우들   그럼 어찌해야 한단 말이오?

누가 방법 좀 일러주오.

천주여, 대답 좀 해주시오!

무대 위 사람들 서서히 모습을 감추고, 백송을 주시하던 조명도 서서히 암전.

#2 박해 속에 피는 꽃

마을 사람들이 일터로 나가고 김제준 이냐시오 백송 아래서 곰곰이 생각에 잠겨 있을 때 정하상 바오로, 현석문 가를로가 조심스럽게 등장한다. 김제준이 반갑게 맞으며 서로 인사하고 서로 걱정이 가득한 얼굴로 무엇인가 열심히 논의하기 시작한다.

김제준 이냐시오 그동안 천주의 이름으로 수많은 이들이 순교의 찬란한 화관을 받았지만 도대체 얼마나 더 많은 피를 흘려야 우리에게 진정한 자유가 올지 정말 걱정입니다.

현석문 가를로 맞습니다. 지금 조선 땅 어디에서도 우리는 맘 편히 살 수가 없습니다.
고난과 박해의 시퍼런 칼날이 천주를 믿는 우리의 목을 노리고 있습니다. 바오로 회장님! 이냐시오 형제님! 어찌해야 할까요?

김제준 이냐시오 우리가 박해를 피해 이 솔뫼 마을에 숨어 산 지도 이미 여러 해가 흘렀지만 이젠 이곳도 결코 안전하지가 않습니다.

정하상 바오로   벽파와 시파 이렇게 편을 갈라 권력 싸움만 일삼는 조정의 관리들은 천주교를 사교로 여겨 핍박을 가하고 그런 관리들에게 눈과 귀가 가려진 왕은 자신의 안위에만 급급하니…… 정말 개탄스럽습니다.

현석문 가를로   정말 큰일입니다. 박해와 탄압으로 천주의 빛이 먹구름에 가려지고 선량한 이 백성들은 고통과 절망으로 신음하고 있습니다.

김제준 이냐시오   언제 이 솔뫼 마을에도 조정에서 보낸 포졸들이 들이닥칠지 모르겠습니다. 그보다 더 큰 걱정은 오랜 박해 속에서 하느님과의 맹세를 저버리고 배교를 하는 교우들이 자꾸만 늘어가고 있다는 사실이오.

정하상 바오로   정말 이 일을 어찌해야 한단 말이오. 이럴 때 우리를 이끌어 줄 목자라도 있으면 방황하는 조선의 교우들을 다시 하나로 뭉칠 수 있을 텐데.

세 사람이 백송을 주시하면서 조명 서서히 암전된다.

제2장
순교의 집

김대건의 집. 난간이 있는 마루에 15세의 김대건, 박수애, 김여상 등 대여섯 명의 아이들이 교리 공부를 하고 있다. 무대 오른쪽 집에서 열심히 책을 보는 김대건, 옆에서는 계집종 박수애가 빨래를 널고 있다.

#3 사람의 길

김대건 안드레아 (교리책을 읽으며) 하느님은 누구에게나 자비로우시며……

김제준이 잠깐 나가자, 박수애가 물을 튀기며 장난을 친다. 놀란 김대건, 수애의 짓인 줄 알고는 다시 점잖게 책만 읽는다. 박수애가 다시 물을 튀기자,

김대건 안드레아 이 녀석! 네가 심심한가 보구나?

박수애가 빨래를 널다가 물을 튀기며 김대건에게 장난을 친다. 김대건도 책을 읽다 말고 다른 친구들과 함께 장난을 친다. 평소 박수애에게 호감을 느껴 왔던 김여상은 시샘이 나서 둘을 놀린다.

김여상 요한 수애가 대건이를 좋아한대요. 엘레리 꼴레리. 수애는 대건이를 좋아한대요.

이 소리에 옆에 있던 아이들도 함께 놀리고, 시끄러운 소리에 다시 김제준이 돌아온다. 김제준은 이 광경을 보고 호되게 꾸짖는다.

김제준 이냐시오 이게 뭐 하는 짓들이냐?

모두 장난을 멈추고 아이들은 무대 뒤로 줄행랑을 친다.

김제준 이냐시오 남녀가 유별한 법이고 더욱이 양반가의 자손인 네가 어찌 이런 행동을 하느냐?

김대건 안드레아 죄송합니다. 아버님! 다음부터는 조심하겠습니다.

김제준 이냐시오 그건 그렇고 이 아비가 시킨 교리 공부는 열심히 하고 있느냐? 너도 잘 알다시피 우리 집안은 대대로 천주교 집안이다. 너의 증조부인 진자 후자께서도 천주를 믿으시다가 관가에 끌려가 10년 넘게 옥살이 끝에 돌아가셨고 조부님인 택자 현자께서도 순교하셨다.

김대건 안드레아 네, 잘 알고 있습니다.

김제준 이냐시오 너도 순교한 조상님들과 같이 죽음 앞에서도 절대 물러남 없이 천주를 믿고 따라야 하느니라.

김대건 안드레아 …….

김제준 이냐시오 왜 대답이 없느냐?

김대건 안드레아 (머뭇거리다) 아버님! 저도 조상님들처럼 그렇게 죽음 앞에서도 천주만 믿고 그 뜻을 따를 수 있을지 잘 모르겠습니다. 죄송합니다.

김제준 이냐시오 아니다. 결코, 그건 네 잘못은 아니다. 어찌 우리같이 연약한 인간으로서 죽음이 두렵지 않겠느냐? 그러나, 천주를 믿으면 죽어도 결코 죽는 것이 아니라 하느님의 나라가 기다리고 있으니 더 이상 두려워하지 말라.

#4 하늘 길을 따라서

김제준 이냐시오 비록 지금도 우리는
끊이질 않는 박해 속에서
먹을 것이 부족하고
목숨의 위협을 받고 있지만
결코 천주를 버려서는 안 되느니라.

너의 증조부님과 조부님처럼
죽음 앞에서도 절대 물러남 없이
당당히 천주를 믿고 따라야 하느니라

　　김제준 이냐시오 무대 뒤로 사라지고, 김대건은 무대 중앙으로 나와 백송 앞에서 고민에 빠진다.

김대건 안드레아 〈무엇이 옳은 길이란 말이냐〉
과연 무엇이 옳은 길이란 말이냐.
가문의 장남으로 태어나
부모 말씀 받들고
가업인 천주를 믿는 것은 당연한 일
하지만 임금은 국법으로 천주교를 금하고 있네.
숱한 사람들이 천주의 이름으로

박해받고 죽임을 당하였네.

정녕 무엇이 내가 가야 할 길이란 말이냐.
죽음 앞에서도 변절하지 않고,
조상님들처럼 초개같이 목숨을 던질 수 있단 말인
가.
나는 아직 그 숭고한 조상님들의 뜻을
다 이해하지 못했네.
과연 무엇이 옳은 길이란 말이냐.
길이 있다면 지금 보여주소서.
제가 가야 할 길을 보여주소서.

#5 깨우소서 이 영혼

이때, 무대 중앙의 백송에서 진액이 나오며 이상한 소리와 함께 흔들린다. 이 소리에 옹기 굴에서 일하던 남, 여 교우들 하나둘씩 나온다. 교우들 등장하고, 김제준 이냐시오와 박수애가 백송 아래로 향한다.

합창   신기한 일이야.
　　　　　　이 나무가 진액을 쏟으며 흔들리다니?
　　　　　　맞아, 정말 신기한 일이야.
　　　　　　우리 솔뫼 마을의 수호신.
　　　　　　필시 이 솔뫼 마을에
　　　　　　무슨 일이 일어나려고 하는 징조
　　　　　　부디 나쁜 일은 아니어야 할 텐데.

김제준 이냐시오와 김대건, 박수애, 교우들 모두가 백송을 걱정스레 바라본다. 조명은 김대건과 백송을 비춘다. 사람들 서서히 모습을 감추고, 백송 조명도 꺼지고 김대건의 얼굴을 비추던 조명도 서서히 암전.

제3장
소명

조명이 마을 중앙의 백송을 비춘다. 무대 점점 밝아지면서 정하상 바오르와 얼굴을 천으로 가린 모방 신부, 최방제, 최양업이 조심스럽게 나타난다.

#6 왜 대답이 없느냐?

정하상 바오로 이곳입니다. 모방 신부님!
이곳이 바로 솔뫼 마을입니다.

교우들이여, 어서 나오시오.
오랫동안 기다리고 기다리던
좋은 소식을 전하겠소.
오늘 중국에서 신부님이 한 분 도착하셨소.

이 소리에 김제준 이냐시오와 김대건, 교우들이 무대 오른쪽에서 등장한다.

정하상 바오로 형제 자매님들!
아주 귀한 분을 모시고 왔소.
우리가 그토록 기다리던 목자를 이제야 모시고 왔소.

교우들 드디어 오셨네. 드디어 오셨네.
기다리고 기다리던 목자가
드디어 솔뫼 마을에 오셨네.
무엇이 이보다 기쁘리오?
무엇이 이보다 즐거우리오?
교우들 모두 나와 목자를 반기세.
우리들의 목자를 반기고 또 반기세.

정하상 바오로 모두 잠깐만 조용히 해주시오.
신부님께서 친히 하실 말씀이 있답니다.

이 소리에 시끌벅적하던 무대가 일순간 조용해진다.

모방 신부 나는 앞으로 조선 교회를 이끌어 갈
하느님의 사제가 될 사람을 선발하려고

이 솔뫼 마을에 왔소.
사제가 될 학생들은
마카오로 유학을 보낼 것이오.
이미 나는 다른 마을을 거쳐 오면서
두 신학생을 선발하였소.
여기 최양업과 최방제요.

그러면서, 최양업과 최방제를 사람들 앞에 소개한다.

모방 신부   이 솔뫼 마을도 하느님에 대한
믿음이 아주 깊은 마을이라고 들었소.
나는 이 마을에서도 신학생을
한 명 선발하려고 하오.
혹시 이 솔뫼 마을에서 추천할 만한 사람 없소?

교우들 모두 수군거린다.

교우 1   김제준 이냐시오의 아들 대건을 추천합니다.

교우 2   맞소, 김제준 이냐시오의 집안은
대대로 독실하게 천주를 믿어온 집안이오.

교우 3   대건은 김제준 이냐시오 밑에서

착실히 교리 공부를 배우며
어린 나이에도 불구하고 신앙심이 두텁소.
이 솔뫼 마을에서는
김대건이 신학생이 되어야 하오.

교우들　　이 솔뫼 마을에서는
김대건이 신학생이 되어야 하오.

모방 신부　　김대건이 누구요?

　김대건, 무대 중앙으로 나온다.

모방 신부　　네가 김대건이냐?

김대건 안드레아　그렇습니다.

모방 신부　　마을 사람들이 너를 추천했다.
하느님의 사제가 되겠느냐?

김대건 안드레아　…….

김제준 이냐시오　대건이가 하느님의 사제가 된다면
이야말로 우리 가문의 무궁한 영광이다.

하늘에 계신 조상님들이
감격의 눈물을 흘리실 일이로다.

모방 신부   왜 대답이 없느냐?

김대건 안드레아 저는 아직 하느님의
사제가 될 마음의 준비가
되지 않았습니다.
죄송합니다. 신부님!

  김대건은 무대 뒤로 도망치듯 사라지고 박수애가 따라간다. 무대 위 모든
사람들 이 광경에 놀란다. 암전.

제4장
하늘의 말씀

백송 아래 고민하는 김대건이 보인다.

#7 백송 아래서

김대건 안드레아 〈무엇이 옳은 길이란 말이냐〉
　　　　　과연 무엇이 옳은 길이란 말이냐.
　　　　　가문의 장남으로 태어나
　　　　　부모 말씀 받들고
　　　　　가업인 천주를 믿는 것은 당연한 일
　　　　　하지만 임금은 국법으로 천주교를 금하고 있네.
　　　　　숱한 사람들이 천주의 이름으로
　　　　　박해받고 죽임을 당하였네.

정녕 무엇이 내가 가야 할 길이란 말이냐.

죽음 앞에서도 변절하지 않고,

조상님들처럼 초개같이 목숨을 던질 수 있단 말인가.

나는 아직 그 숭고한 조상님들의 뜻을

다 이해하지 못했네.

과연 무엇이 옳은 길이란 말이냐.

길이 있다면 지금 보여주소서.

제가 가야 할 길을 보여주소서.

그 옆에서 몰래 지켜보던 박수애가 등장한다.

박수애 루치아   안드레아! 무슨 고민이 그리 많으세요?

김대건 안드레아 너는 몰라도 된다.

박수애 루치아   그러지 말고 제게도 말씀해 주세요. 고민은 나누면
줄 것이고 걱정도 함께 하면 작아질 것입니다.

김대건 안드레아 아버님은 내가 하느님의 사제가 되길 바라시지만 난
아직 그럴 준비가 되질 않았어.

박수애 루치아   안드레아님, 우리는 하느님을 믿습니다. 그 분은 누
구에게나 자비로우시죠.
이렇게 고민하시는 도련님께 분명 조만간에 해답을
주실 거예요.

김대건 안드레아   나는 정말 두렵다.
고귀하신 하느님은 늘 내 마음속에 계시나
두려운 마음이 나를 이 땅에서 놓아주지를 않는구
나.
내가 그런 하느님의 사제가 되는 것 또한 마땅한 도
리이나
아직 죽음을 넘어설 용기가 없다.

박수애 루치아   믿음이 강한 자에게 용기도 생기는 법.
예수님이 십자가에 못 박힐 때에도
어찌 두려움이 없었을까요.
안드레아, 천주를 믿는 한
그분은 결코 당신을 버리지 않을 것이오.
그분은 당신에게 큰 용기를 주실 것이다.
이 백송을 보세요.
예수가 마지막으로 십자가에
못 박힐 때처럼 팔 벌리고 서서
언제나 이 자리에서 우리를 지켜보고 있답니다.

김대건 안드레아 정말 그럴까. 루치아!

　　　　　　　　　　민음이 강한 자에게 용기가 생기는 것일까?

박수애 루치아 당신은 어릴 적부터 유난히

　　　　　　　　　　천주에 대한 민음이 강했으니

　　　　　　　　　　분명 천주께서 무한한 용기를 주실 것입니다.

김대건 안드레아 어리석고 나약하였던 나

　　　　　　　　　　당신의 말에 큰 용기가 생겼다네.

　　　　　　　　　　나도 그 길을 가리라.

박수애 루치아 장하십니다. 도련님!

　　　　　　　　　　하느님 감사합니다.

　　　　　　　　　　당신의 아들에게 축복을 주소서

　이 소리에 모방 신부를 비롯한 최양업, 최방제, 교우들 모두가 백송 앞으로 나온다.

　모든 교우들이 김대건을 축하한다.

#8 힘든 결정을 내렸구나

김제준 이냐시오 아들아! 힘든 결정을 내렸다.
하느님의 사제가 된다는 것은
수많은 고난과 역경이 널 시험하고
때로는 생명을 바쳐야 할지도 모른다.
그러나 언제나 하느님이 네 곁에서
널 지켜주실 것이다.
오늘은 참으로 기쁜 날
우리 솔뫼 마을에 큰 경사로다.

모방 신부 파리 외방전교회원 조선의 선교사이고 조선 포교지의 장상인 나 모방은 규정의 서약을 성서에 손을 얹고 예수 그리스도의 십자가 앞에서 받았습니다. 이제부터 최방제 프란치스코, 최양업 토마스, 김대건 안드레아는 다시 태어났고 하느님과 서약을 맺었습니다. 이제 조선을 떠나 마카오에 가서 하느님의 사제가 될 신학 공부를 하러 떠나거라.

박수애 루치아 신부님, 저도 따라가게 해주십시오.

모방 신부 여자에게는 힘든 길이다.

김여상 요한   신부님 말이 맞아. 여자의 몸으로는 위험한 길이야. 그러니 여기서 나와 함께 있자.

박수애 루치아   각오하고 있어. 신부님, 저도 그곳에 가면 필히 쓰일 곳이 있을 것입니다. 저도 따라가게 해주십시오.

모방 신부   네 뜻이 정 그렇다면 함께 가거라.

김여상 요한   정말 대건과 함께 떠나겠다는 거니?

박수애 루치아   하느님의 일꾼이 되러 가는 길이야.
더욱이 대건과 함께 가는 길이니 즐거운 마음으로 갈 수 있을 것 같아.

김여상 요한   너는 끝까지 대건이만 생각하는구나?

정하상 바오로   신부님, 그럼 이 아이들을 데리고 어서 마카오로 떠나야 하겠습니다.

모방 신부   그러자꾸나. 솔뫼 교우들이여, 다시 보는 그날까지 부디 잘 있게나.

김제준, 고 우르술라 부디 하느님의 가호가 있기를.

모방신부와 정하상, 최양업, 최방제, 김대건, 박수애가 무대 오른쪽으로 사라지고, 김제준, 고 우르술라, 교우들은 이별의 작별 인사를 하며 손을 흔든다. 김여상은 김대건과 함께 떠나는 모습에 심한 배신감을 느낀다.

김여상 요한   수애는 나의 마음을 몰라주는 구나. 너를 남몰래 사모하는 내 마음을 정녕 몰라주는구나.

천주여, 수애를 사모하는 제 마음이 욕된 것입니까? 그래서 제게 대건과 함께 떠나는 수애를 그저 바라볼 수밖에 없는 시련을 주시는 것입니까?

천주여, 너무 하십니다. 제 이런 마음조차 몰라주는 당신이 너무 밉습니다.

지금껏 당신을 믿으며 살아왔습니다. 하지만 당신은 제 사랑조차 허락지 않고 모진 시련만 주십니다.

저는 오늘부터 죽을 때까지 당신을 증오하며 살 것입니다. 당신을 믿고 따르는 자들도 오늘부터는 저의 적입니다.

저는 당신께 복수할 것입니다. 제게 시련만 주는 당신께 꼭 복수하고 말 것입니다.

김여상도 무대 뒤로 사라진다.

#9 길은 멀고도 험한 길

합창   하느님의 사제가 되는 길 멀고도 험한 길.
사막의 모진 바람 눈을 찌를 것이고,
높은 산봉우리는 발목을 붙잡을 것이야.
하느님의 사제가 되는 길 멀고도 험한 길.
사막의 모진 바람 잠잠하게 하시고
높은 산봉우리 발아래 낮은 구릉이 되게 하소서.
이들을 지켜주소서.
가는 길마다 당신이 함께 하소서.

암전!

제2막 인간의 길

제5장
최방제의 죽음

무대 위 가운데에는 교실 겸 미사를 보는 예배당이 자리하고 있고, 오른쪽으로는 침상이 놓여 있다. 침상 위에 죽음을 앞둔 최방제가 누워 있다.

칼르리 신부 (걱정스런 목소리로) 프란치스꼬, 좀 괜찮으냐?

최방제 프란치스꼬 (심하게 기침하며) 저는 괜찮습니다.
저 때문에 신부님께 큰 걱정을 끼쳐 죄송합니다.

칼르리 신부 (최방제 손을 잡고 기도한다) 하느님! 당신의 사랑하는 아들 프란치스꼬가 병으로 고통받고 있습니다. 하느님의 사제가 되고자 이곳까지 수천 리 길을 걸어온 장한 젊은이입니다. 부디 이 어린양을 주님의 은총으로 보살펴 주십시오. 다시 일어나게 하여 하느님의 사제가 되도록 해주십시오.

칼르리 신부 무대 뒤로 나가고 이어 최양업과 김대건, 박수애가 나와 최방제의 침상으로 걸어간다.

김대건 안드레아 프란치스꼬! 몸은 좀 괜찮아?

최방제 프란치스꼬 내가 너희들의 짐만 되는구나.

최양업 토마스   무슨 소리! 우리는 조선에서부터 함께 해온 동기일세. 어서 기운 차리고 열심히 공부하여 하느님의 사도가 되자고.

최방제 프란치스꼬 고마워. 안드레아, 너도 얼굴빛이 좋지 않은데 자네도 어디 아픈 건가?

김대건 안드레아 아니 좀 피곤해서 그런 거야.

갑자기 최방제가 고통스럽게 가쁜 숨을 몰아친다.

최양업 토마스   프란치스코! 왜 이러나? 정신 좀 차려 보게.

최방제 프란치스꼬 아무래도 이제 천주님이 나를 오라 손짓하는 것 같네. 신부님을 좀 불러 주게나. 자꾸 내 정신이 혼미해져서 마지막 성사를 받지 못하지는 않을까 그것이 두렵네.

(다시 심하게 기침을 하며 숨이 가빠진다.)

박수애 루치아   (다급한 목소리로) 신부님, 신부님.

  칼르리 신부가 다시 급히 들어오며,

칼르리 신부   왜 그러느냐? 아니 이런, 프란치스코, 힘을 내야 한
                   다.

김대건 안드레아   프란치스코, 이렇게 가서는 안 되네. 제발 정신 차
                   려!

  최방제 마지막 성사를 하고 나서 자신의 묵주에 입을 갖다 대고 입맞춤을
한다.

최방제 프란치스꼬 Pie Jesus! Pie Jesus!

김대건 안드레아   하느님! 부디 프란치스코를 살려 주십시오. 이곳에
                   서 아직 해야 할 일이 많습니다. 하느님! 부디 프란
                   치스코를 살려 주십시오.

최방제 프란치스꼬 (칼르리 신부의 손을 잡으며) Gratias Patri,

최방제가 조용히 숨을 거둔다.

칼르리 신부   (애절한 목소리로) 하느님의 사제가 되기 위해 이 먼 곳 마카오까지 온 프란치스코가 당신 곁으로 갔습니다. 그에게 하늘의 평화를 주옵소서.

최양업과 김대건, 박수애는 옆에서 흐느낀다. 그러다 김대건이 쓰러진다.

최양업 토마스   안드레아! 정신 좀 차리게.

박수애 루치아   안드레아! 정신 좀 차리세요.

최양업이 쓰러진 김대건을 부축하고, 칼르리 신부와 박수애는 옆에서 걱정스런 표정으로 바라본다.

제6장
눈 감으면 떠오르는

무대 오른쪽 침대에 이번엔 김대건이 누워 있다. 그 옆에는 박수애가 김대건을 정성스레 간호하고 있다.

박수애 루치아　　이제 정신이 좀 드세요?

김대건 안드레아　으음, 그래. 어떻게 된 거지?

박수애 루치아　　고열로 쓰러지셨어요. 몸이 많이 약해지셨어요.

#10 눈감으면 떠오르는

김대건 안드레아　눈감으면 떠오르네. 선명하게 떠오르네.
　　　　　　　내 고향 솔뫼 마을.
　　　　　　　눈감으면 떠오르는 부모님 얼굴.
　　　　　　　눈감으면 떠오르는 하얀 소나무
　　　　　　　보고 싶은 얼굴들, 두고 온 고향 풍경

박수애 루치아　눈감으면 떠오르네. 선명하게 떠오르네.
　　　　　　　내 고향 솔뫼 마을.
　　　　　　　눈감으면 떠오르는 부모님 얼굴.
　　　　　　　눈감으면 떠오르는 하얀 소나무
　　　　　　　보고 싶은 얼굴들, 두고 온 고향 풍경

박수애 루치아　당신은 하느님의 사제가 되어야 할 몸
　　　　　　　어둠에 쌓인 우리 조선에 빛이 되어야 해요.
　　　　　　　그것은 하느님이 당신에게 내려주신
　　　　　　　소명입니다.

김대건 안드레아　나는 참으로 우둔한 사람
　　　　　　　그리 깊은 뜻을 가슴에 품었거늘
　　　　　　　나의 연약함이 부끄럽소.

박수애 루치아　이제라도 몸을 추스르시고
　　　　　　　　하느님의 사제가 되기 위해
　　　　　　　　노력하소서.

김대건 안드레아　고맙소. 참으로 고맙도다.
　　　　　　　　당신의 깊은 뜻을 잊지 않으마.

제7장
빛의 박해

무대 위 중간에 자리한 교실에서 리브와 신부가 최양업과 김대건을 열심히 가르치고 있다. 박수애는 무대 왼쪽의 미사 보는 성단을 청소하고 있다.

#11 빛의 박해

리브와 신부　　이제 안드레아도 기운을 다시 차렸으니
　　　　　　　　다시 신학 공부를 열심히 하도록 하자.

최양업, 김대건　(결의에 찬 목소리로) 네, 신부님. 열심히 공부해서 천
　　　　　　　　주님의 일꾼이 되겠습니다.

리브와 신부　　장하다, 지금과 같은 마음이면 충분하다.

항상 지금의 이런 마음가짐을 잊지 말거라.

우선, 하느님의 뜻을 이해하기 위해서는
교리부터 확실히 이해하는 것이 필요하네.

최양업 토마스 신부님, 잠깐 질문이 있습니다.

리브와 신부 그래, 뭔가? 토마스!

최양업 토마스 아버지가 아들보다 더 능해야 하지 않습니까?
그렇게 본다면 천주 성삼의 제2위인 성자가, 제1위
인 성부보다 덜 능해야 하는 것이 아닙니까?

리브와 신부 토마스.
자네는 아주 중요한 점을 잘못 알고 있네.
성부와 성자와 성신은 신이 세 가지 모습이 되어 나
타난 것으로, 원래는 한몸일세.
그러니 그것을 놓고 어찌 우열을 따질 수 있겠나?

이때, 무대 오른쪽에서 조선에서 온 밀사 두 명이 황급히 교실로 들어선다.

밀사1, 2. 신부님!

리브와신부	누구시오?

밀사1	조선에서 온 밀사입니다. 황급히 전해야 할 소식이 있어서 이렇게 먼 길을 달려왔습니다.

리브와신부	그래, 도대체 무슨 소식이기에 그 먼 길을 달려왔단 말이요? 어디 소상히 말해 보시오.

밀사1	지금 조선에서는 김여상 요한이라는 자가 교우들을 관가에 돈을 받고 밀고하는 앞잡이가 되었습니다. 그는 유다와 같은 사람입니다.

밀사2	조정의 관리들은 임금을 부추겨 얼마 전에는 주교님과 신부님들을 체포하라는 명령이 떨어졌습니다. 그래서 결국 조선 땅엔 기해 박해가 일어나고 말았습니다.

밀사1	그리스도는 당신의 제자인 유다에 의하여 넘겨졌고.

밀사2	주교님과 신부님들은 그들의 제자인 김여상 요한에 의하여 넘겨졌습니다.

밀사1   그리스도는 당신 아버지께 순종하시어 죽음을 향해 가셨고.

밀사2   신부님들은 주교님께 순종하시어 죽음을 택하였습니다.

밀사1   그리스도는 최후의 만찬을 끝내고 떠나가셨고,

밀사2   신부님들은 최후의 만찬으로 미사성제를 봉헌하고 떠나가셨습니다.

밀사1   그리스도는 당신 양들을 위하여 자기 자신을 죽음에 내맡기셨습니다.

밀사2   주교님과 신부님들은 조선의 교우들을 위하여 자신을 죽음에 내맡기셨습니다.

밀사1   2백여 명이나 되는 신자들도 함께 살해되었습니다. 그 중에는 토마스의 부모님도 있었는데,

밀사2   부친 최경환은 곤장으로, 모친 이성례는 칼을 받고 두 분 다 순교의 화관을 받았습니다.

최양업 토마스 (오열하며) 그럴 리가, 그럴 리가 없습니다.
정녕 부모님이 돌아가셨단 말입니까?

밀사 1 안드레아의 부친 김제준 이냐시오도 참수되었습니다.

김대건 안드레아 (놀라며) 아버님이 돌아가셨단 말씀입니까?
그렇게 쉽게 가실 분이 아닙니다.
뭔가 잘못 아신 것이 아닙니까?

밀사 2 미안한 일이지만, 저희가 직접 안드레아 아버님의
최후를 똑똑히 목격했습니다.
당당하게 순교의 화관을 받으셨습니다.
더군다나 안드레아의 모친 고 우르술라는 지금 의탁
할 곳 없이 비참한 몸으로 신자들 집을 걸인처럼 떠
돌고 있습니다.

김대건 안드레아 어머님이 걸인이 되어서 떠돌고 있다는 말씀입니까?
지금 당장 조선으로 가야겠습니다.

　　　리브와 신부와 밀사들이 김대건을 말린다.

리브와 신부 안드레아! 진정 좀 하게.

자네는 아직 하느님의 사제가 못 되었네.
조금만 더 때를 기다리게.

박수애 루치아 신부님 말씀이 옳습니다.
분명, 박해가 아직 진행 중일 것입니다.
무작정 이렇게 조선으로 가시면 관가에 붙잡혀 도련
님 목숨이 위태로울 수도 있습니다.

리브와 신부 안드레아!
천주님이 자네에게 준 소명을 절대 잊지 말게나.
자네는 하느님의 사제가 되어
목자 없이 떠도는 조선의 교우들을 구원해야 하지
않는가?

김대건 안드레아 (막무가내로) 아닙니다. 저는 지금 당장 조선에 가야
합니다.

리브와 신부 하느님의 사제가 되는 것을 포기하겠다는 말인가?

김대건 안드레아 〈자식의 도리〉
부모가 없었다면 이 몸도 없는 것을.
자식된 도리로서
부모 공경하고 봉양해야 하는 것은 당연한 일.

가문의 장남으로서

부모 아프면 누구보다 먼저 달려가 정성껏 간호해야
하고

부모 돌아가시면 누구보다 슬퍼하고 마땅히 장례를
치러야 하거늘

이곳에서 이렇게 주저할 시간 없네.

어서 조선으로 돌아가 고인이 된 부친의 넋을 위로
하고

어서 조선으로 돌아가 걸인이 된 모친을 봉양해야
하네.

부모가 없었다면 이 몸도 없는 것을.

어찌 자식된 자로서 부모의 비통한 소식을

모르면 몰라도 알고도 어찌 모른 채할 수 있단 말인
가.

어서 조선으로 돌아가야 하네.

리브와 신부   안드레아, 지금 자네가 가면 조선에는 누가 하느님
의 사제가 된단 말인가?

때를 기다리게.

하느님이 자네를 조선으로 보낼 때를 말일세.

김대건 안드레아 신부님, 어찌 이곳에서 마냥 때를
기다리라고 하십니까?
그것은 자식된 도리가 아닙니다.
불효입니다.

박수애 루치아 도련님, 제가 대신 가겠습니다.
제가 가서 대감마님의 시신을 수습하고
마님을 찾아서 봉양하겠습니다.

김대건 안드레아 어찌 여자의 몸으로 다시 그 먼길을 가려 하느냐?
그리고 이건 장남으로서
당연히 내가 가야 하는 일이다.

박수애 루치아 (단호한 목소리로) 도련님!
지금 조선에서 목자 없이 방황하는
교우들을 생각하십시오.
솔뫼 마을의 교우들을 생각하십시오.

주교님과 신부님들이 모두 순교하셨으니
그들은 언제 늑대의 꼬임에 넘어갈지 모릅니다.
그런 그들에게 목자는 절실한 존재입니다.

도련님은 보다 큰 일을 하셔야 합니다.

이곳에서 남은 공부를 마치시고
조선의 목자가 되어
하느님의 뜻을 교우들에게 전하셔야 합니다.

김대건 안드레아 (고개를 숙이며) 내가 너무 경솔하게만 생각했구나.
네 뜻이 옳다.

박수애 루치아 〈조선의 목자가 되십시오〉
조선의 목자가 되십시오
조선의 빛이 되십시오
그래서 목자 없이 떠도는
조선의 교우들에게 빛을 선물하십시오.

그들에겐 당신이 필요합니다.
그들에겐 당신이 간절합니다.
부디 조선의 목자가 되십시오.

조선에 가득한 칠흑 같은 어둠을
걷어낼 수 있는 것은 오직 천주의 빛뿐입니다.

조선의 목자가 되십시오.
조선의 빛이 되십시오.
천주의 빛이 되십시오.

김대건 안드레아 그래, 때를 기다리마.

　　　　　주님이 날 조선으로 보낼 그때를 기다리마.

　박수애가 조선으로 떠나기 위해 무대 뒤로 사라진다. 김대건이 무대 중앙
으로 나온다.

김대건 안드레아 오! 조선의 목자들은

　　　　　참으로 찬란한 영광을 받으셨습니다.

　　　　　그리스도의 깃발 아래 용맹하게 싸워

　　　　　승리를 얻은 후 황제의 붉은 옷을 몸에 두르고

　　　　　머리에는 면류관을 쓰고 천상 성소로

　　　　　개선 용사로서 들어가셨을 것입니다.

　　　　　그러나 조선은 얼마나 불행한 땅입니까!

　　　　　그렇게나 여러 해 동안 목자들을 여의고

　　　　　외로이 지내다가 갖은 노력을 들여가며

　　　　　가까스로 맞이한 신부님들을

　　　　　일시에 모두 잃었으니 조선은 얼마나 불운합니까.

　　　　　적어도 한 분만이라도 남겨 두었더라면 좋았을 것
　　　　　을,

　　　　　모두 다 삼켜 버렸으니 조선은 참으로 안타깝고 괘
　　　　　씸합니다.

아! 인류 대가족의 공동의 아버지께서
천주성자 예수님이 전 인류에게 전하여 주러 오신
무한한 사랑 안에 모든 자녀를 포용할 날이 언제쯤
오겠습니까?

세월이 흐른다.
그동안 계속 공부를 하는 김대건의 모습.

암전!

제8장
하늘의 아들이 되다

　무대 중앙 소박하지만 나름대로 화려한 예배당, 김대건의 사제 서품식 준비로 분주한 다뷜뤼 신부, 그리고 현석문 가를로와 교우들 몇 명이 보인다. 페레올 주교가 먼저 걸어 나온다.

페레올 주교　　다뷜뤼 신부님,
　　　　　　　　서품식 준비는 끝나갑니까?

다뷜뤼 신부　　네, 소박하지만 나름대로
　　　　　　　　정성껏 준비를 했습니다.

페레올 주교　　오늘은 아주 뜻깊은 날입니다.
　　　　　　　　그동안 마카오에서 신학 공부를 마친 안드레아가
　　　　　　　　드디어 상해 연안에 있는 이 금가항 성당에서
　　　　　　　　사제 서품을 받는 날이니 말입니다.

다블뤼 신부	맞습니다. 조선의 첫 번째 신부가 탄생하는 날이니 어찌 뜻깊은 날이 아닐 수 있겠습니까?
페레올 주교	마카오에 계신 리브와 신부님도 비록 오늘 서품식에 참석은 못 하시지만 그곳에서 안드레아에게 축복을 내려주고 계실 겁니다.
현석문 가롤로	주교님! 이제 준비가 끝났습니다.
페레올 주교	그럼, 어서 안드레아를 데리고 오세요.

무대 오른쪽에서 김대건 등장한다. 우선은 주교 앞에 가서 안수 받고 제의를 받아서 입는다.

엄중한 분위기 속에 서품식이 거행된다.

페레올 주교	새로운 형제 안드레아여. 그대는 이제 하느님의 사제니라. 천주님께서 그대에게 은총을 내리셨네. 그대의 앞길엔 언제나 천주님의 축복이 함께 할 것이다.

천주께서 그대에게 내리신 은총과
축복을 영원히 간직할지어다.

천주님께서 주신 소명을
항상 가슴에 품고
하느님의 나라를 만들기 위한
참된 일꾼이 되거라.
세상의 빛이 되거라.
세상의 소금이 되거라.

김대건 안드레아 세상의 빛이 되고 소금이 되겠습니다.

다빌뤼 신부, 현석문 가룰로, 교우들 오늘은 기쁜 날, 축복할 날.
하느님의 사제가 탄생한 날.
목자에 목말라하던 조선에 드디어 신부가 탄생했네.

오늘은 기쁜 날, 축복할 날.
하느님의 사제가 탄생한 날.
안드레아에게 언제나 주님의 축복과 기쁨이 가득하
기를

오늘은 기쁜 날, 축복할 날.
하느님의 사제가 탄생한 날.

페레올 주교 안드레아, 이제 드디어 때가 왔다.

이제 목자 없는 조선으로 가

조선의 교우들에게

하느님의 말씀을 전하고

하느님의 나라를 만들거라.

조선의 교우들에게

빛이 되고 소금이 되어라.

김대건 안드레아 네, 알겠습니다.

바로 조선으로 떠날 채비를 하겠습니다.

암전!

제9장
조선으로 가자

무대 위 왼쪽에 작은 범선이 보인다. 배에는 라파엘 호라는 이름이 적혀 있다. 배 위에는 페레올 주교, 다블뤼 신부, 김대건, 현석문 가를로, 교우들이 타고 있다.

#12 자, 배를 띄워라

교우들 　　　〈조선으로 가자〉
　　　　　　바다에 배를 띄워라
　　　　　　돛을 달고 출항을 준비해라.
　　　　　　어서 가자, 어서 가.
　　　　　　목자 없는 조선으로 어서 가자.

노를 저어라. 힘껏 저어라.

순풍이여 불어다오. 조선으로 보내다오.

어서 가자, 어서 가.

목자 없는 조선으로 어서 가자.

우리들의 라파엘 호.

주님의 은총과 축복 가득 싣고 가네.

파도여 잠잠해다오. 조선으로 보내다오.

어서 가자, 어서 가.

우리들의 라파엘 호여, 조선으로 어서 가자.

　　교우들은 열심히 노늘 젓는다. 이때 날씨가 갑자기 나빠지면서 천둥치는 소리, 거친 파도 소리가 들린다. 높은 파도에 배가 심하게 요동친다. 폭풍우가 밀려온다.

#13 폭풍 속에서

현석문 가를로　　(다급한 목소리로) 폭풍우가 몰려오고 있습니다.
　　　　　　　　　이러다 배가 침몰할 것만 같습니다.

　　물이 자꾸만 배 안으로 들어와 배가 가라앉으려고 한다. 페레올 주교, 다블뤼 신부, 교우들 불안한 눈빛이 역력하다.

교우 4   이제는 다 끝났어.

　　　　　　　도저히 살아날 수가 없겠어.

김대건 안드레아 (단호한 목소리로)　침착해야 합니다.

　　　　　　　배를 가볍게 해야 합니다.

　　　　　　　우선은 돛대를 베어버리십시오.

　　　　　　　무게가 나가는 식량도 버리십시오.

　　김대건의 지시에 따라 교우들이 돛대와 식량을 버린다.

김대건 안드레아　(성모 마리아 상본을 내보이며) 겁내지 마시오. 두려워

　　　　　　　하지 마시오.

　　　　　　　여기에 우리를 보호하시는 성모 마리아가 계십니다.

　　　　　　　우리는 무사히 조선에 도착할 것이고

　　　　　　　조선의 신자들과 만나게 될 것입니다.

　　　　　　　성모 마리아여!

　　　　　　　저희를 이 모진 폭풍우 속에서 살려주십시오.

　　　　　　　간절한 제 기도를 들어주십시오.

　　얼마 후 거센 물결에 키가 부러지고, 배는 폭풍과 파도에 휩쓸린다. 그리고

아주 큰 파도가 와서 이들을 덮치고 배 안의 모든 사람들은 순간 기절한다. 무대 잠깐 동안 정적이다. 그 뒤 배 앞에 빛나는 성모 마리아가 등장한다.

#14 성모 마리아여

성모 마리아　　〈일어나라! 깨어나라! 빛의 아들이여〉
　　　　　　　일어나라! 안드레아!
　　　　　　　깨어나라! 안드레아!
　　　　　　　너의 간절한 기도가 하늘에 닿았으니
　　　　　　　폭풍우 속에서 너희는 무사할지어다.

　　　　　　　어서 일어나라! 어서 깨어나라!
　　　　　　　다시 노를 잡고 어서 조선으로 가거라.
　　　　　　　조선으로 가 어둠 속에 헤매는
　　　　　　　교우들에게 하느님의 빛을 선사하거라.

　　　　　　　너는 하느님의 사제, 빛의 아들.
　　　　　　　일어나라! 깨어나라! 빛의 아들이여.
　　　　　　　다시 노를 잡고 어서 조선으로 가거라!

성모 마리아 무대 뒤편으로 사라지고, 기절한 김대건 다시 일어난다. 바다는 잠잠해져 있다.

김대건 안드레아 우리는 살았다. 살았어.

성모 마리아님께서 우리를 살려 주셨어.

페레올 주교님, 다뷜뤼 신부님 어서 일어나십시오.

김대건, 주교와 다뷜뤼 신부를 깨우고, 현석문 가를로와 교우들도 김대건의 목소리에 일어난다. 이때 한 교우가 배 선두에서 외친다.

교우 5　　　(기쁜 목소리로) 육지다. 육지가 보인다.

김대건 안드레아 페레올 주교님, 드디어 조선에 도착한 것 같습니다.

페레올 주교　이 모두 하느님의 축복이다.

모든 사람들, 감사의 기도를 드린다. 암전!

제10장

강경 나바위 교우촌

황산포구 나바위 언덕에 라파엘 호 도착. 조심스럽게 김대건 일행 들어온다. 흙으로 짓고 짚으로 지붕을 이은 초라한 토막이 자리하고 있다. 남교우 한 사람을 발견하고

현석문 가를로　아주 먼 여행을 하고 돌아오는 사람들입니다. 오늘 하루 밤만 신세를 끼치게 해주십시오.

남교우　　　잠시만 기대려 주십시오. 들어가 사람들과 상의하고 나오겠습니다.

남교우 토막 속으로 들어간 다음 김대건 방갓을 벗는다. 페레올 주교, 다블뤼 신부 나타난다.

김대건 안드레아 페레올 주교님, 이제 육지로 올라 왔으니 일단 조선

입국은 성공한 셈입니다.

페레올 주교 　그렇습니다. 그동안 수고가 많으셨습니다.

다블뤼 신부 　주교님, 저는 이쯤에서 헤어져야 하겠습니다.

페레올 주교 　어디로 가려고 하는 것이오?

다블뤼 신부 　저는 남쪽으로 내려가 그곳의 교우촌을 살펴보려고
　　　　　　　합니다. 얼마 전 조선의 어린 아기들의 대부분이 반
　　　　　　　점으로 얼굴이 해지는 병으로 죽어간다는 얘길 들었
　　　　　　　습니다. 특히 남쪽 지방이 심각하다고 들었습니다.
　　　　　　　작은 힘이지만 그 병을 퇴치할 수 있도록 돕도록 하
　　　　　　　겠습니다.

페레올 주교 　다블뤼 신부님의 뜻을 충분히 알겠습니다. 부디 몸
　　　　　　　조심하십시오.

　다블뤼 신부, 인사를 나누며 자연스레 퇴장한다.
　잠시 후, 남녀 교우들이 토굴에서 나와서 고 페레올 신부, 안 다블뤼 신부를
보고 깜짝 놀란다. 두 사람 놀라 다시 방갓을 뒤집어쓴다.

남교우 　　혹시 상해에서 돌아오시는 김대건 신부님과 서양인

신부님들 일행이 아니십니까?

현석문 가룰로 아, 천주교를 믿는 교우님들이신가요?

남교우 네, 여기는 지난 기해년 박해 때 요행히 화를 면한 교우들이 숨어사는 곳입니다.

현석문 가룰로 이분은 우리나라 최초의 신부님이신 김대건 안드레아입니다. 그리고 여기 이분들은 우리 조선교구 교구장이 되실 고 페레올 주교이시고 또 이분은 안 다블뤼 신부님이십니다.

나바위 교우촌 신자들, 일행을 환영하며 큰 축제의 마당놀이가 벌어짐.

#15 하늘과 땅은

합창   경사 났네! 경사 났네.
우리 마을 경사 났네.
경사 났네! 경사 났네.
나바위에 경사 났네.

현석문 가롤로   조선 교우 여러분
우리들이 왔소.
여기 김대건 안드레아 신부,
여러분의 사제
조선 땅의 첫 사제요.

김대건 강복을 조선 교우들에게 준다. 조선 교우들 감격의 눈물을 흘린다.

합창   경사 났네. 경사 났네.
우리 마을 경사 났네.
경사 났네! 경사 났네.
나바위에 경사 났네.

현석문 가롤로   하느님은 이 땅에
복음의 씨를 심어 주시니

좋은 열매를 맺고
십 배 백 배
수확을 거두기 위해
그를 일꾼으로
이 땅에 보내 주셨소.
우리 모두 힘을 모아
이 땅에 복음의 나라 이루고
아름다운 하늘의 영광이
후손 대대 이르도록
노력합시다.

제3막 하늘의 길

제11장
북한산 아래 본당 기와집

김대건 부제, 현석문, 이재우, 최형, 임치화, 노언익, 임성실, 김인원 등이 김대건 부제를 빙 둘러 앉아 있고 그 한가운데 김대건이 서서 열을 올려 이야기하고 대문 앞에 박수애가 서서 밖을 감시하고 있다

김대건 안드레아 교우 여러분, 지금 조선의 상황은 어떻습니까?

현석문 가를로   지금 조선은 깊은 수렁에 빠져 있습니다. 기해 박해 때 김여상 요한이 돈을 받고 교우들을 관가에 팔아 넘겼으며 지금은 그 악행이 더욱 심해졌습니다.

    그는 더욱 교묘한 수로 교우들을 관가에 팔아 넘기고 그 피 값으로 호위 호식하며 잘 사고 있습니다.

이재우 토마스   조정에서는 외척 등 권세가들이 오직 자기의 권세만

을 보존하고 반대파를 없애기 위한 구실로 천주교 탄압을 이용하고 있으니 그동안 우리는 여러 차례에 걸쳐 이루 헤아릴 수 없을 만큼 많은 교우들이 박해를 받고 순교했습니다.

김대건 안드레아 그러나 주님은 우리를 버리시지 않으시어 우리 조선 교구가 독립 교구로 되었습니다. 여러분, 이 얼마나 영광된 일입니까?

현석문 가를로 그렇습니다. 지금 우리는 모처럼 주님께서 내려 주신 은총마저 제대로 받지 못하고 있습니다. 지금 만주에서 조선 입국을 기다리고 있는 주교님 일행을 국내로 들어오게 해야 하나 육로로는 도저히 들어올 수 없으니 무슨 방법을 찾아봐야 할 것입니다.

김대건 안드레아 맞습니다. 지금 우리는 목자 없는 길 잃은 양 떼와 같으니 어떻게 독립 교구로서 올바른 성사를 올릴 수 있겠습니까?
그래서 저는 배로 주교님을 모셔 올까 합니다.

현석문 가를로 네? 그러면 바다로 나가서?

김대건 안드레아 배 한 척을 구해 주십시오.

그리고 배에서 일할 분 여섯 명만 구해 주십시오.

여기저기서 "내가 가겠소!", "나도 가겠소!" 외치는 소리가 들린다.

현석문 가를로   자, 여러분 오늘 모임은 이것으로 헤어집시다. 모두들 여행 차비도 차려야 할 것이고······ 자, 일어납시다.

모두 일어난다. 서로 인사하면서 조심스레 대문 밖으로 나간다. 잠시 후 김대건 안방으로 들어간다. 박수애 부엌에서 약 그릇을 들고 나와서 마루로 올라가다 인기척을 느끼고

박수애 루치아   누구시오? (조심스레 살펴보다가) 아! 부제님의 어머님이 아니시오?

고 우르술라   루치아, 나요! 나, 안드레아의 애미 우르술라! 내 아들이 돌아왔다며······.

박수애 루치아   아······ 우르술라님! 네, 그렇습니다. 자! 어서 들어오시지요.

고 우르술라   아니. 루치아 여기서 만나게 내 아들을 좀 불러 주시겠습니까?

박수애 루치아 (안채 쪽으로 황급히 들어가) 부제님, 어머님이 오셨습니다.

김대건 안드레아 아! 어머니께서?
(김대건 놀라 일어서며 나가려다 멈추면서)
아! 아니오! 지금은 어머니를 만날 수 없습니다. 제가 귀국한 것을 조정에서 알게 되면 우리 교우들에게 다시 박해가 일어날 것입니다.

김대건 하늘을 우러러 보며 눈물을 흘린다. 김대건 마당으로 내려오면서 북받치는 울음을 안으로 감추며 기도한다.

#16 어머니 지금은

김대건 눈물에 젖은 처참한 모습으로 무릎을 꿇고 하늘을 우러러 기도하고 있다.

고 우르술라   부제님! 내 아들 안드레아 부제님!

김대건 안드레아   (서서히 일어나 정색하며) 누구십니까? 돌아가세요. 저는 누군지 모릅니다.

김대건 가슴을 돌로 눌러 막으며 안으로 들어가고, 고 우르술라는 오열한다. 이때 집 뒤 숲에서 김여상은 포도대장으로 출세하여 포졸들 대 여섯 명을 데리고 들어온다. 고 우르술라 황급히 몸을 피해 담 뒤로 숨는다. 집안에서는 즉시 불을 꺼 버린다. 김여상은 사람의 인기척을 언뜻 보고,

김여상 요한   게 누구냐?

포졸들이 부산히 이곳저곳을 조사한다.

포졸 1   대장님, 아무것도 없는 것 같습니다.

김여상 요한   그래? 내가 헛것을 보았는가?

(조용하고 캄캄한 기와집을 손짓하면서)
암만해도 이 집이 수상하단 말이지.

포졸들 집 수위를 둘러본다.

포졸 2   이 집에 사람이 사는 것 같기도 하고 아무도 없는 것
같기도 합니다.

김여상 요한   요즘 서학꾼들의 움직임이 심상치 않다. 필시 무슨
계략을 꾸미고 있는 것일 거야. 혹시 이 집이 서학
꾼들의 집이 아닌지 수상하니 잘 감시하도록!

김여상이 나간다.

포졸 1   서학꾼들? 서학꾼들이 무엇인가?

포졸 2   아, 말도 말게. 서학꾼 소리만 들어도 오금이 절여
오네. 그리고 이건 정말 비밀인데 자네만 알게나. 실
은 우리 포도대장님도 원래 서학꾼 천주쟁이였으나
하느님과 저희 교우들을 배신하고 그들을 관가에 팔
아 넘겨 지금같이 호위호식하고 지금의 대장까지 출
세한 거야.

포졸 1 뭐? 그 천주귀신 든 사람…… **(갑자기 공포에 떨며)** 천주귀신 바람 한번 불면 온 천지가 피로 물든 다며…… **(안절부절못하면서)** 그런데 그 천주귀신 바람은 또 무언가?

포졸 2 아, 말도 말게 끔찍해.

이때 포졸과 가면을 쓴 사람 여러 명 등장.

#17 포졸들의 합창

포졸들   수 년 전에
               한 오륙 년 전 일이지
               천주 귀신 든 양인 괴수
               세 사람이 잡혀 와
               군문 효시를 당해
               장대에 모가지를 매 달았는데
               그 얼굴이 웃고 있었다네.
               그들이 죽으면
               가는 곳이 따로 있다네.
               천당인가 하는 곳
               구경꾼들이 몸서리쳤지.
               그때 중국에 아들들을
               공부시키러 보낸 두 아비도
               매를 맞고 고문당했는데
               결국 참수되었지.
               지독하드구먼.
               차마 눈뜨고 볼 수 없었지.
               그 중 통역관 유 진사의
               열세 살짜리 애가 잡혀 와서
               매를 맞아 살점이 찢어지고

뼈가 부러져도

천주귀신 배반하지 않았지.

천주귀신 무서워 정말 무서워.

그때 꽃같이 어여쁜

처자들도 잡혀 왔는데

그 중에 어여쁘고 아리따운

자매가 있었다네.

온갖 형벌에도

천주귀신 배반하지 않으니

옷을 모두 벗겨

흉악한 살인강도 도둑놈들

감방 안에 집어넣었지.

마음대로 가지고 놀라고

그 꽃 같은 처녀들 몸에서

갑자기 눈부신 빛이 나자

흉악한 살인강도 도둑놈들

눈을 뜰 수가 없었다네.

서학군 천주쟁이들 정말 무서워.

물도 불도 그들을 해치 못하고

총칼로도 그들을 해치 못하고

부귀영화 그들을 꼬이지 못하네.

서학군 천주쟁이 정말 무서워.

천주귀신 앞에서는

생명도 초개같이 버리었다네.

제12장
연평도 앞바다

연평도 앞 백령도 근처. 멀리 바닷가. 10장과 비슷한 무대 세트. 대신 포졸들이 청국 어선의 접근을 경계하고 있다. 김대건과 현석문이 나타난다.

김대건 안드레아 주교님의 분부대로 어떻게든 중국에 있는 매스트르 신부님께 이 편지를 전해야 하오. 우리들의 힘만으로는 도저히 위태로우니 이번에는 저 중국 어선의 힘을 빌리는 게 어떤는지요?

현석문 가를로 어떻게요?

김대건 안드레아 황해 방면에서 중국 사람이 이 근처까지 고기잡이 오는 것을 봤습니다. 그 중국 어선에 부탁해서 중국 천주교회에 편지를 보내서 매스트르 신부가 중국 어선을 타고 오시도록 하시는 게…….

현석문 가를로 그렇군요. 참 좋은 생각이오. 그렇게 하십시다.

　이때 김여상 포졸 대장과 포졸 서너 명이 창을 들고 갑자기 들이닥친다.

김여상 요한 여보시오. 청국 어선들이 극성을 부리면서 조선 섬 가까이까지 오니 우리가 그 배를 좀 빌려야겠소.

김대건 안드레아 양반에게 이 무슨 무례냐?

김여상 요한 네가 이 조깃배 주인이냐? 아니? 이게 누구 신가…… 김대건 아닌가?
　　　　　네 놈을 잡아서 임금께 바치면 분명 임금이 내게 후한 상을 내리실 것이 다. 뭐 하느냐? 당장 저 두 놈을 잡아라.

　김여상의 지시에 포졸들이 김대건과 현석문을 포승으로 포박한다.
　이때 포졸이 페레올 주교가 쓴 편지, 김대건이 그린 지도 그리고 김대건의 물품 등을 배에서 찾아내 들어 보인다.

포졸 1 저 사람 배 안에 이런 것들이 있었소이다. 이 물건들은…… 아무래도 저들은 천주쟁이 같습니다.

김여상 요한 그래, 이 천주쟁이들! 저놈들은 나라가 금하는 천주학을 하는 놈이다. 이 물건들은 증거로 조정으로 보내고 이놈들을 단단히 묶어 곧 황해도 감영으로 넘겨서 엄히 감독하도록 하여라.

김대건 안드레아 아무리 배교를 했다고 하지만 너는 나와 솔뫼 마을에서 함께 자란 동무가 아니더냐? 너도 한때는 천주를 믿는 독실한 신자가 아니었느냐? 그런데 어찌 사람의 탈을 쓰고 이런 못된 짓을 할 수가 있느냐? 하느님의 심판이 무섭지 않느냐?

김여상 요한 말 잘했다. 네가 말하는 하느님이 어디 있느냐? 오랜 박해 속에 천주 믿는 사람들에겐 지독한 가난과 배고픔만 있었을 뿐, 천주를 목이 잘리는 그 순간에도 너의 그 잘난 하느님은 천주를 믿는 사람들을 구원하지 않았다. 그들을 버렸다.

김대건 안드레아 하느님을 의심하지 말아라. 천주는 분명 계시다.

김여상 요한 나 역시 한때는 천주를 믿었으나, 그건 다 옛 이야기다. 천주를 믿었지만 그는 내가 수애를 사모하는 마음조차 허락하지 않았다. 수애는 너를 따라 마카오까지 가 버리며 나를 떠났다. 이것이 정녕 천주의 뜻이란 말이냐? 더 이상 긴 말 필요 없다. 천주를 믿는

모든 사람들은 죽어야 한다. 그래서 이 조선 땅에 천
주의 씨앗을 아예 말려 버릴 것이다.

포졸들에게 끌려가는 김대건을 보고 김여상 악마 같은 웃음. Fade out.
무대 양편에 대신(합창1), 평민(합창2) 등장하면 막이 내려지고 Light in.

제13장
조정회의

무대 중앙에 어전이 보이고 무대 한 쪽에 감옥이 보인다. 하지만 처음엔 보이지 않고 다음 장에 등장한다.

#18 김대건은 국법이 금하는

합창 1   김대건은
      국법이 금하는 국경선을
      수없이 넘나들었습니다.
      외적들이 바다에서 호시탐탐하니
      엄히 다스려 처형하여야 하오.

합창 2   시절이 어려워

유랑 걸식자가 늘어가고
백성은 물난리와 역병으로
민심은 흉흉한데
어이하여 조정은 싸움뿐이요.

합창 1　　　김대건은
십오 세 때 프랑스 스승을 따라
중국 대륙을 남하하여 마카오에서
9년간 공부하였고
작년 의주 변문으로 입국하여
수개월 한양에서 머물다가
황해를 건너 상해로
다시 상해에서 강경 나바위 등으로
지금까지 신출귀몰한
행동을 하였다고 하옵니다.
여기에 그 증거가 있사옵니다.

　김여상이 세계 지도와 조선 전도 및 라틴어, 불어로 쓴 수 편의 편지 등을
가지고 들어온다. 이어서 김대건을 포졸들이 데리고 들어 와서 부복시킨다.

합창 2　　　열흘을 붉은 꽃이 없고
권력이란 흘러가는 구름과 같은데
어이하여 헛된 싸움뿐인가.

나라의 어지러움은 하늘의 힘으로도
어찌할 수 없는가.

평민들 힘없이 나가고 상감을 모시고 권돈인, 김재근 등장한다.

헌종　　　　그대는 무슨 일로 잡혀 왔는가?

김대건 안드레아　저는 하느님을 섬기고 그 복음을 전하는 성직자로
백성들을 바른 길로 인도하는 천주교 신부이옵니다.

헌종　　　　사도 서학의 성직자라? 그대는 국법을 수없이 어겼
다 들었노라.

김대건 안드레아　서학은 사도가 아니옵니다. 백성들에게 진리를 가르
치는 종교이옵니다.

김여상 요한　전하! 국법이 천주교를 사교로 규정지었고 그 교를
믿는 자는 상하대소를 막론하고 중벌로 처벌하기로
돼 있습니다. 차제에 모든 사교를 믿는 사학교인들
에게 경각심을 주기 위해서라도 김대건을 엄벌로 다
스려야 하며 더구나 김대건은 그 괴수에 해당하니
특히 그에게는 군문효수의 형을 내리심이 가한 줄로
삼가 아뢰옵니다.

헌종	어허, 괜한 말씀······ 포도대장은 나가 있으시오! (김여상 마지못해 나가자) (권돈인에게) 내가 듣건대 김대건은 재주가 좋고 또 서양 학식도 많은 사람이라 들었소. 그의 마음을 개가시켜서 그 학식을 선용함이 어떠하겠소.
김재근	김대건만 죄를 주지 않는다면 나라의 기강은 어지러워질 것입니다.

　김재근을 제지하며 증거물을 보던 헌종 세계 지도를 펼쳐 보이며,

헌종	이것은 무슨 그림인가?
김대건 안드레아	그것은 온 세상의 지도이옵니다.
헌종	서해안 모양은 어찌하여 이리도 상세하게 그렸는가?
김대건 안드레아	서해안은 중국과 가까워 자주 왕래해야 나라가 부강해지기 때문입니다.

　편지를 펼쳐 보고 서양 글씨에 놀라면서,

헌종	이것은 그림인가, 글씨인가?

김대건 안드레아 글씨이옵니다.

헌종   무슨 내용인가?

김대건 안드레아 노문에 계신 스승님께 보내는 안부 편지이옵니다.

헌종   (유심히 보면서) 참으로 희한하구만. 이렇게 서양 학
                  문을 잘한다니 국가의 동량이 되어야겠다.

김재근   이 자는 사학 죄인이옵니다.

헌종   사학 죄인이면 어떻소! 그들이 지금까지 나라에 해
                  를 끼친 일이 없잖소.

김재근   선왕께서 국법으로 금한 사교이옵니다.

헌종   어떻게 이런 인재를 버린단 말이요.

김대건 안드레아 성은이 망극하옵니다.

   이때 밖에서 김여상이 들어온다.

김여상 요한   아뢰오.

헌종　　　　　또 무슨 일이냐?

김여상 요한　　외연도 청사가 방금 소식을 전해 왔는데 프랑스 극
　　　　　　　동 함대장이 외연도에 들어와서 지난 기해년 옥사에
　　　　　　　양인 세 명을 처형한 이유를 추궁하려 합니다.

　　김대건 몹시 놀란다. 모든 대신들 수군거린다.

헌종　　　　　프랑스 함대장이라! 김대건 그대는 사연을 알고 있
　　　　　　　는가?

김대건 안드레아　모르는 일이옵니다.

헌종　　　　　이 일을 어떻게 하면 좋겠소? 누가 그 사람을 만나
　　　　　　　러 가겠소?

　　대신들 모두 잠잠하다. 이때 영의정 권돈인 나서며,

권돈인　　　　이 자가 프랑스 말과 글을 잘하니까 이 자에게 벼슬
　　　　　　　주어 그 함대장을 만나게 하는 것이 어떨는지요?

김여상 요한　　이 자는 사학 죄인입니다. 벼슬은 부당한 처사입니
　　　　　　　다.

권돈인   지금 나라가 급한데 다른 방법이 없지 않소.

김재근   서양 사람을 죽일 때에도 알리지 않은 일을 이제 갑
자기 이 일로서 알리면 도리어 청국으로부터 의심을
살 염려가 있고, 또 만약에 법에 따라 김대건을 사형
에 처하지 않는다면 저희들의 연약함을 보일 뿐만
아니라, 장차 분규의 구실을 남기게 될 것입니다. 당
장 김대건을 사형에 처해야 합니 다.

헌종   듣고 보니 그 말도 일리가 있는 것 같소. 그렇다면
좀더 생각해 볼 것이니 우선은 저 자를 다시 감옥에
가두시오.

　김대건 포졸들에게 끌려나간다. 권돈인은 불만에 차 있으나 김재근과 김
여상은 헌종에게 아부하며 굽실거린다.

제14장
감옥

감옥. 무대를 중앙으로 깊숙이 뻗어 밖으로 나가는 출입문이 있고 무대 좌우로 한편이 남 죄수 감방이고 그 맞은편이 여 죄수 감방. 현석문 등 10여 명의 신자와 함께 김대건 신부 큰 칼 쓰고, 신자들은 전부 족쇄에 발목이 매어져 있다. 맞은편 여 감방에 여 교우들 서로 상처를 치료하며 기도하고 있다. 옥졸들이 삼엄하게 지키고 있고 8월 추석 가까운 밤에 달빛이 고요하다.

#19 감옥 광경

옥졸   이 요망한 천주쟁이들! 너희가 천주를 보았느냐? 그렇다면 나도 너희의 그 천주인지 무엇인지를 믿으마.

김대건 안드레아 불쌍한 사람. 시골 사람이 임금님을 뵙지 못했다고 임금님 계신 것을 믿지 않겠습니까? 장님이 하늘의 해를 보지 못한다고 해가 없다고 할 수 없습니다. 우리 다같이 천주님을 믿고 구원을 받읍시다.

옥졸   이놈들아. 천주학이라는 것을 믿으면 제 부모도 모른다는 대역 대 불효가 된다는데 그것은 무엇 때문에 믿느냐?

김대건 안드레아   모르는 소리! 우리의 전능하신 천주께서는 일찍이 십계를 내리셨는데 그 십계에서 천주께서 이르시기를 부모에게 효도하고 공경해야 하며 웃어른에게 순종하라 하시었으니 이 어찌 우리가 부모를 모른다 하고 임금을 모른다 하겠소!

이때 갑자기 말굽소리, 경계의 요란한 소리와 함께 김재근과 포도대장이 포졸들 5, 6명 데리고 등장.

김재근   김대건은 어명을 받아라. 김대건은 국법을 수없이 어기고 극악무도한 양인들과 내통한 죄로 오는 구월 열엿새 날 새남터에서 대역죄로 처형하기를 명하노라.

김재근과 포졸들 사라진다. 김대건 약간 놀란 기색이나 금방 태연해진다. 신자들 모두 놀라 쓰러지면서 울부짖는다.

#20 여러 형제 교우님들

김대건 안드레아 여러 형제 교우님들
놀라지 마시오.
마땅한 길을 가는 것이요.
우리는 모두 천국에서 만나고
또한 영원한 천상의 복을
누릴 것이요.
이 세상은 잠깐일 뿐이며
천상의 복은 무궁한 것이요.
교우님들 진정하시오.

마지막 서간문 - 낭독

김대건 안드레아 교우들 보아라.
우리 벗아!
생각하고 생각할지어다.
천주께서 천지 만물을
창조하시고
그 중에 추려 사람을
당신 모습과 같이 내어
세상에 두신 창조주와

그 뜻을 생각할지어다.
온갖 세상일을
가만히 생각하면
가련하고 슬픈 일이 많다.
이같이 험하고
가련한 세상에 한 번 나서
우리를 내신 임자를
알지 못 하던 나는
주 은혜로 영세 입교하여
주의 제자 되었으니
주의 은혜만 입고
주께 속죄 아니 하면
어찌 아니 남과 같으리요.
우리 주 예수께서 친히 세상에 내려
무수한 고난을 받으시고
괴로운 가운데로조차
교회를 세우시고
고난 중에 자라나게 하신지라.
오직 주께 슬피 빌어
빨리 평안함을 주시기를 기다리라.
나 죽는 것이 너희 육정과 영혼 대상에
어찌 거리낌이 없으랴.
그러나 천주께서 오래지 아니하여

너희에게 내게 비겨
더 착실한 목자를 상주실 것이니
부디 설워 말고 큰 사랑을 이뤄
한몸같이 주를 섬기다가
사후에 한 가지로
영원히 천주 대전에서 만나
길이 영생 누리기를
천만 만만 바란다.
잘 있어라, 교우들아.

제15장

새남터 사형장

새남터로 가는 길목. 한강이 멀리 보이는 노들, 1846년 7월 26일 (양 9월 16일) 막이 서서히 올라가면 무대 여기저기 사람들이 꾸역꾸역 나온다. 모두 김대건이 형장으로 끌려가는 것을 보고자 함이다. 여기 저기 수군거리는 소리 아주 멀리 천둥소리. 이때 고 우르술라, 박 루치아 장옷으로 얼굴을 가리고 나온다.

박수애 루치아　　우르술라님 이쯤에서 기다리고 있죠.

고 우르술라　　그래.

두 여인은 구석진 곳에 자리잡고 앉는다. 이때 여기저기서 일어나며 "저기 온다!" 등 소음이 인다. 뒤로 손이 묶인 채 끌려 나오는 김대건. 그 뒤에 망나니와 포졸들이 따라 나온다. 박 루치아 일어난다.

박수애 루치아   아! 신부님께서…… 저기 나오십니다.

고 우르술라   오! 안드레아…… .

포졸 1   저리 물러서라.

포졸 2   가까이 오지 마시오.

  포졸에게 막힌 두 여인

김여상 요한   죄인 김대건은 어릴 대부터 사학에 물들어 사교의 괴수를 자칭하였으며 우매한 백성들을 미혹하고 국교인 유교를 침해하였고 서양 오랑캐와 상통하는 등 국법을 모독하는 대죄를 범하였기에 목을 베어 매달아 백성들 앞에 경종을 줌이 마땅한 줄로 여겨 군문효시에 부치노라. 마지막 할 말이 있으면 하여라.

#21 영원한 생명

김대건 안드레아 (군중을 향하여)

여러 형제 자매님들
사람은 태어나면
누구나 죽습니다.
그러나 우주의 진리는
불멸합니다.
하늘과 땅과 사람이 화합하는
우주의 진리를 찾으십시오.
그곳에는 죽음이 없는
영원한 생명이 있고
영원히 사는 기쁨과
행복이 가득합니다.

김여상 요한 그것이 다냐?
나를 원망하진 않느냐?

김대건 안드레아 이제 모든 걸 이루었다.
하느님 아버지여, 저의 영혼을 당신께 맡깁니다.
요한아, 나는 너를 결코 원망하지 않는다.
너는 오늘 나와 같이 하느님의 나라로 들어갈 것

이다.

김여상, 김대건의 말에 뭔가를 느낀다.

#22 **망나니 춤**

망나니가 칼춤을 추며 김 대건의 주위를 빙글빙글 돈다. 망나니 하나가 칼로 김대건의 목을 살짝 긋는다. 군중들은 와 와 소리친다. 결국 김대건의 목 떨어져 내리고 선혈이 백사장에 떨어진다. 갑자기 하늘에서 뇌성과 번개, 비가 쏟아지고 캄캄해진다. 포졸들 혼비백산하여 땅에 엎드리고 신자들 무릎을 꿇고 성호를 그린다.

김여상 요한　　　정말 김대건은 하느님의 사제였어.
　　　　　　　　천주여! 이제야 당신은 말하시는군요.
　　　　　　　　그가 당신의 진정한 사제였다는 걸 왜 말씀하지 않았습니까?
　　　　　　　　당신의 사제에게 저는 지금 무슨 일을 하였단 말입니까?
　　　　　　　　이것도 제게 주시는 당신의 시험이십니까?

김여상은 흐느끼며 그 자리에 무릎을 꿇고 회개를 한다.

#23 오! 김 안드레아

합창   우리가 여기 함께 한 것은

우리가 이제 함께 노래함은

거룩한 피로 쓰인

뜨거운 눈물로 부를

억만 년을 두고 마르지 않는

영겁을 두고 지워지지 않을

오! 김 안드레아

어두컴컴한 모래사장. 비스듬히 십자가 장대 위에 김대건의 머리 매달려 있으며 땅바닥의 시신에는 흰 포가 덮여져 있고 김 대건의 어머니 고 우르술라가 아들의 시신을 안고 한없이 통곡하고 있다.

#24 PIETA - 아들아 내 아들아

합창   황량한 이 땅 어둠 속에 젖어
진리와 복음의 씨를
앗아 갔도다

고우르술라   아들아, 내 아들아!
이제야 내 품에 안겨 있구나.
그렇게 보고 싶었던 내 아들아.

합창   생명과 진리는 영원한 것
비참히 죽음 받은 우리 목자
한 알의 밀알 처럼
영원히 삶으리라

고우르술라   주님! 애 끓는 마음
당신께 호소하고
아들의 죽음을 희생 제물로
당신께 바치니 받으소서.

합창   영원한 안식을 주소서
우리의 목자에게

영원한 안식을 주소서

고우르술라   나의 슬픔과 아들의
한없는 고통 받으시고
이 땅에서
당신 뜻을 이루소서.
이 땅에서 이루소서.

합창   진리와 복음 위해
생명을 버리는 자
한 알의 밀알처럼
영원히 살리라
영원히 살리라

고우르술라   아들아, 내 아들아!
이제야 내 품에 안겨 있구나.

합창   황량한 이 땅 어둠 속에 젖어
진리와 복음의 씨를
아서 갔도다.

고우르술라   그렇게 보고 싶었던 내 아들아
우리 하늘에서 만나자.

#25 영광의 합창

전 무대는 빛남과 기쁨과 천국의 복락 같은 아름다움으로 넘치고 있다. 웅장한 합창과 할렐루야의 기쁨이 넘친다. 천국의 합창 속에 천사와 선녀들의 춤과 경축의 분위기 웅장한 승리의 음악과 함께 승천한 김대건, 어머니가 교우들과 함께, 둘이 손잡고 무대 가운데로 노래하면서 천천히 등장하고 한국의 103위성인들 서서히 그 뒤를 따라 등장한다. 회개를 하던 김여상도 이들의 무리 속에 함께 있다.

합창 진리를 위해 자기 생명을 버리는 자
영원히 살으리라.
백 배 천 배 보상받아
천상의 복을 누리리라.
하늘과 땅 바다는 춤추어라.
우리의 순교자 십자가의 고통 지나
영원한 생명 얻었도다.
할렐루야
기쁨의 노래 부르자
온 땅은 기뻐하고 하늘은 빛나리라.
얼씨구 절씨구 지화자 좋구나.
할렐루야

무대는 합창으로 울려 퍼지고 온갖 춤과 노래로 기쁨과 평화가 충만하다.

저 노들의 푸른 물결
임들의 넋이런가.
하얀 모래에 아로새긴
선혈은 더욱더 붉은데
가슴에서 가슴으로 뿌린 씨앗
환희로써 거두소서!
임 계신 곳 어디에나
고난 지닌 그 영광을
땅 끝까지 보하리라!
사랑, 이 우주에 가득하도다.
자유와 평화 이 땅에 가득하다.
하늘과 땅과 온 우주에 당신의
영광과 찬미 가득하도다.
모든 사람 서로 용서하고
한 몸 되어 사랑하라.
진리와 사랑 온 우주에 가득하여
온 세상 온 사람 하나를 이루리라.

진리를 위하여 생명을 버리는 자
영원히 살리라.
별처럼 영원히 빛나리라.

하늘에서 그 생명 영원하리라.

무대 천천히 어두워지면서 암전!

에필로그

서서히 빛이 열린다.
「사람들 속에 하늘이 있다」가 자막으로 비치고 시가 다시 낭송된다.

사람들 속에 하늘이 있다

사람들 속에 하늘이 있네
내 죽어 하늘의 길 열 수 없으나
길은 사람들 속에 있었네
사람들이 사람으로 보지 않는 사람
사람과 사람 사이 무지개로 걸린 사람
들길 숲에서 종일 우는 사람
가을 빈 들녘에 바람으로 서 있는 사람

사람들 속에 하늘이 있었네

사람들 속에 하늘이 있었네
죽음이 끝나는 곳에서 봄이 있고
눈물이 끝나는 곳에서 기쁨이 있고
절망이 끝나는 곳에서 천사가 있고
솔숲의 향기도 하늘로 가지 못하고
강물의 가을도 바다에 이르지 못하네
온몸으로 부르는 노래도 하늘의 귓가에 닿지 못하고
어둠의 숙명도 새벽의 가슴에 빛을 내지 못하네

새벽 새소리의 사랑도 나무의 귓가를 스치고
강변 새벽안개도 그 숨결 하늘에 닿을 길 없네
산문으로 가는 길 진리에 이를 길 없고
사랑으로 꽃피우는 장미 오월에도 피지 않네
마주 보는 잎과 꽃이 얼굴을 돌리고 있네
하늘을 나는 새는 날개가 없고
나무들은 피가 말라 입과 귀가 없네
사람들과 사람들 죽은 나무가 되었네

사람들 속에 하늘이 있네
입과 귀가 하늘이었네
무지개와 들녘의 가을 바람

기쁨과 천사와 눈물이 하늘이었네
땅이 하늘이었네
사람과 사람 사이 사랑이 하늘이었네
너와 나의 죽음이 하늘이었네
원수가 하늘이었네
증오가 하늘이었네
아, 드디어 사람이 하늘이었네

빛이 꺼지고 자막이 어두워진다.

김대건(1821~1846) 독실한 천주교 집안에서 태어나 15세 때 마카오로 유학. 조선인 최초의 신부가 됨. 병오박해 때 순교함.

박수애 계집종 출신, 교우. 김대건에 대한 묘한 연모의 정을 가지고 있음.

김제준(1796~1839) 김대건의 아버지. 기해박해 때 김여상 요한의 밀고로 순교.

고 우르술라(?~?) 김대건의 어머니.

모방 신부(1803~1839) 1834년 조선에 입국한 신부. 김대건을 비롯한 세 명의 신학생을 선발, 마카오로 유학 보냄. 기해박해 때 순교.

최방제(?~1837) 모방 신부에 의해 뽑힌 세 명의 신학생 중 하나. 마카오에 도착하자 마자, 열병으로 사망.

최양업(1821~1861) 김대건과 함께 유학한 동기. 김대건의 뒤를 이어 조선인 두 번째 신부가 됨.

정하상(1795~1839) 조선 후기 천주교회의 지도자. 모방 신부를 받아들이고 김대건 을 마카오까지 데려다 준다. 기해박해 때 순교함.

리브와 신부(?~?) 파리 외방 선교회 극동 대표부 부책임자. 마카오에서 조선 신학생들을 가르침.

김여상 처음 천주교 신자였으나 오랜 박해로 인한 가난과 배고픔에 시달리다 돈을 받고 신자들을 관가에 팔아 넘기는 앞잡이가 됨. 유다와 같은 인물.

현석문(1797~1846) 교우, 김대건을 도와 상해에서 페레올 주교를 모셔옴. 병오박해 때 순교.

페레올 주교(1808~1853) 천주교 조선교구 제3대 교구장

다빌뤼 신부 프랑스 신부, 페레올 주교와 함께 김대건의 도움으로 1845년 조선 입국.